J.-H. Rosny aîné

Les Xipéhuz

Livre premier

I
Les formes

C'était mille ans avant le massement civilisateur d'où surgirent plus tard Ninive, Babylone, Ecbatane.

La tribu nomade de Pjehou, avec ses ânes, ses chevaux, son bétail, traversait la forêt farouche de Kzour, vers le crépuscule du soir, dans l'océan de la mer oblique. Le chant du déclin s'en fait, planait, descendait des nichées harmonieuses.

Tout le monde étant très las, on se taisait, en quête d'une belle clairière où la tribu pût allumer le feu sacré, faire le repas du soir, dormir à l'abri des brutes, derrière la double rampe de brasiers rouges.

Les nues s'opalisèrent, les contrées polychromes vaguèrent aux quatre horizons, les dieux nocturnes soufflèrent le chant berceur, et la tribu marchait encore. Un éclaireur reparut au galop, annonçant la clairière et l'onde, une source pure.

La tribu poussa trois longs cris ; tous allèrent plus vite : des rires puérils s'épanchèrent ; les chevaux et les ânes mêmes, accoutumés à reconnaître l'approche de la halte d'après le retour des coureurs et les acclamations des nomades, fièrement dressaient l'encolure.

La clairière apparut. La source charmante y trouait sa route entre des mousses et des arbustes. Une fantasmagorie se montra aux nomades.

C'était d'abord un grand cercle de cônes bleuâtres, translucides, la pointe en haut, chacun du volume à peu près de la moitié d'un homme. Quelques raies claires, quelques circonvolutions sombres, parsemaient leur surface ; tous avaient vers la base une étoile éblouissante comme le soleil à la moitié du jour. Plus loin, aussi excentriques, des strates se posaient verticalement, assez semblables à de l'écorce de bouleau et madrés d'ellipses versicolores. Il y avait encore, de-

6

ci, de-là, des Formes quasi-cylindriques, variées d'ailleurs, les unes minces et hautes, les autres basses et trapues, toutes de couleur bronzée, pointillées de vert, toutes possédant, comme les strates, la caractéristique point de lumière.

La tribu regardait, ébahie. Une superstitieuse crainte figeait les plus braves, grossissante encore quand les Formes se prirent à onduler dans les ombres grises de la clairière. Et soudain, les étoiles tremblant, vacillant, les cônes s'allongèrent, les cylindres et les strates bruissèrent comme de l'eau jetée sur une flamme, tous progressant vers les nomades avec une vitesse accélérée.

Toute la tribu, dans l'ensorcellement de ce prodige, ne bougeait point, continuait à regarder. Les Formes abordèrent. Le choc fut épouvantable. Guerriers, femmes, enfants, par grappes, croulaient sur le sol de la forêt, mystérieusement frappés comme du glaive de la foudre. Alors, aux survivants, la ténébreuse terreur rendit la force, les ailes de la fuite agile. Et les Formes, massées d'abord, ordonnées par rangs, s'éparpillèrent autour de la tribu, impitoyablement attachées aux fuyards. L'affreuse attaque, pourtant, n'était pas infaillible, tuait les uns, étourdissait les autres, jamais ne blessait. Quelques gouttes rouges jaillissaient des narines, des yeux, des oreilles des agonisants, mais les autres, intacts, bientôt se relevaient, reprenaient la course fantastique dans le blêmissement crépusculaire.

Quelle que fût la nature des Formes, elles agissaient à la façon des êtres, nullement à la façon des éléments, ayant comme des êtres l'inconstance et la diversité des allures, choisissant évidemment leurs victimes, ne confondant pas les nomades avec les plantes ni même les animaux.

Bientôt les plus véloces fuyards perçurent qu'on ne les poursuivait plus. Épuisés, déchirés, ils osèrent se retourner enfin vers le prodige. Au loin, entre les troncs noyés d'ombre, continuait la poursuite resplendissante. Et les Formes, de préférence, pourchassaient, massacraient les guerriers, souvent dédaignaient les faibles, la femme, l'enfant.

Ainsi, à distance, dans la nuit toute venue, la scène était plus surnaturelle, plus écrasante aux cerveaux barbares. Les guerriers allaient recommencer la fuite. Une observation capitale les arrêta : c'est que, guerriers, femmes ou enfants, les *Formes abandonnaient la poursuite au-delà d'une limite fixe.* Et, quelque lasse, impotente que fût la victime, même évanouie, dès que cette frontière idéale était franchie, tout péril aussitôt cessait.

Cette très rassurante remarque, bientôt confirmée par cinquante faits, tranquillisa les nerfs frénétiques des fuyards. Ils osèrent attendre leurs compagnons, leurs femmes, leurs pauvres petits échappés à la tuerie. Même, un d'eux, leur héros, abruti d'abord, effaré par le surhumain de l'aventure, retrouva le souffle de sa grande âme, alluma un foyer, emboucha la corne de buffle pour guider les fugitifs.

Alors, un à un, vinrent les misérables. Beaucoup, éclopés, se traînaient sur les mains. Des femmes mères, avec l'indomptable force maternelle, avaient gardé, rassemblé, porté le fruit de leurs entrailles à travers la mêlée hagarde. Et beaucoup d'ânes, de chevaux, de bétail, revinrent, moins affolés que les hommes.

Nuit lugubre, passée dans le silence, sans sommeil, où les guerriers sentirent continuellement trembler leurs vertèbres. Mais l'aube vint, s'insinua pâle à travers les gros feuillages, puis la fanfare aurorale, de couleurs, d'oiseaux retentissants, exhorta à vivre, à rejeter les terreurs de la Ténèbre.

Le Héros, le chef naturel, rassemblant la foule par groupes, commença le dénombrement de la tribu. La moitié des guerriers, deux cents, manquait, avait probablement succombé. Beaucoup moindre était la perte des femmes et presque nulle celle des enfants.

Quand ce dénombrement fut terminé, qu'on eut rassemblé les bêtes de somme (peu manquaient, par la supériorité de l'instinct sur la raison pendant les débâcles,) le Héros disposa la tribu suivant l'arrangement accoutumé, puis, ordonnant de l'attendre, seul, pâle, il se dirigea vers la clairière. Nul, même de loin, n'osa le suivre.

Il se dirigea là où les arbres s'espaçaient largement, dépassa légèrement la limite observée la veille et regarda.

Au loin, dans la transparence fraîche du matin, coulait la jolie source ; sur les bords, réunie, la troupe fantastique des Formes resplendissait. Leur couleur avait varié. Les cônes étaient plus compacts, leur teinte turquoise ayant verdi, les Cylindres se nuaient de violet et les Strates ressemblaient à du cuivre vierge. Mais chez toutes, l'étoile pointait ses rayons qui, même à la lumière diurne, éblouissaient.

La métamorphose s'étendant aux contours des fantasmagoriques Entités, des cônes tendaient à s'élargir en cylindres, des cylindres se déployaient, tandis que des strates se curvaient partiellement.

Mais, comme la veille, tout à coup les Formes ondulèrent, leurs Étoiles se prirent à palpiter ; le Héros, lentement, repassa la frontière de Salut.

II
Expédition hiératique

La tribu de Pjehou s'arrêta à la porte du grand Tabernacle nomade où les chefs seuls entrèrent. Dans le fond rempli d'astres, sous l'image mâle du Soleil, se tenaient les trois grands prêtres. Plus bas qu'eux, sur les degrés dorés, les douze sacrificateurs inférieurs.

Le Héros s'avança, dit au long la terrifique aventure de la forêt de Kzour, que les prêtres écoutaient, très graves, étonnés, sentant un amoindrissement de leur puissance devant cette aventure extrahumaine.

Le suprême grand prêtre exigea que la tribu offrît douze taureaux, sept onagres, trois étalons au Soleil. Il reconnut aux Formes les attributs divins, et, après les sacrifices, résolut une expédition hiératique. Tous les prêtres, tous les chefs de la nation zahelal, devaient y assister.

Et des messagers parcoururent les monts et les plaines à cent lieues autour de la place où s'éleva plus tard l'Ecbatane des mages. Partout la ténébreuse histoire faisait se dresser le poil des hommes, partout les chefs obéirent précipitamment à l'appel sacerdotal.

Un matin d'automne, le Mâle perça les nues, inonda le Tabernacle, atteignit l'autel où fumait un cœur saignant de taureau. Les grands-prêtres, les immolateurs, cinquante chefs de tribu, poussèrent le cri triomphal. Cent mille nomades, au dehors, foulant la rosée fraîche, répétèrent la clameur, tournant leurs têtes tannées vers la prodigieuse forêt de Kzour mollement frissonnante. Le présage était favorable.

Alors, les prêtres en tête, tout un peuple marcha à travers les bois. Dans l'après-midi, vers trois heures, le héros de Pjehou arrêta la multitude. La grande clairière roussie par l'automne, un flot de feuilles mortes cachant ses mousses, s'étendait avec majesté ; sur les bords de la source, les prêtres aperçurent ce qu'ils venaient adorer et apaiser, les Formes. Elles étaient douces à l'œil, sous l'ombre des arbres, avec leurs nuances tremblantes, le feu pur de leurs étoiles, leur tranquille évolution au bord de la source.

– Il faut, dit le grand prêtre suprême, offrir ici le sacrifice : qu'ils sachent que nous nous soumettons à leur puissance !

Tous les vieillards s'inclinèrent. Une voix s'éleva, cependant. C'était Yushik, de la tribu de Nim, jeune compteur d'astres, pâle veilleur prophétique, de renommée débutante, qui demanda audacieusement d'approcher plus près des Formes.

Mais les vieillards, blanchis dans l'art des sages paroles, triomphèrent : l'autel fut construit, la victime amenée – un éblouissant étalon, superbe serviteur de l'homme. Alors, dans le silence, la prosternation d'un peuple, le couteau d'airain trouva le noble cœur de l'animal. Une grande plainte s'éleva. Et le grand prêtre :

– Êtes-vous apaisés, ô dieux ?

Là-bas, parmi les troncs silencieux, les Formes circulaient toujours, se faisant reluire, préférant les places où le soleil coulait en ondes plus denses.

– Oui, oui, cria l'enthousiaste, ils sont apaisés !

Et saisissant le cœur chaud de l'étalon, sans que le grand prêtre, curieux, prononçât une parole, Yushik se lança par la clairière. Des fanatiques, avec des hurlements, le suivirent. Lentement, les Formes ondulaient, se massant, rasant le sol, puis, soudain, précipitées sur les téméraires, un lamentable massacre épouvanta les cinquante tribus.

Six ou sept fugitifs, à grand effort, poursuivis avec acharnement, purent atteindre la limite. Le reste avait vécu et Yushik avec eux.

– Ce sont des dieux inexorables ! dit solennellement le suprême grand prêtre.

Puis un conseil s'assembla, le vénérable conseil des prêtres, des ancêtres, des chefs.

Ils décidèrent de tracer, au-delà de la limite du Salut, une enceinte de pieux, et de forcer, pour la détermination de cette enceinte, des esclaves à s'exposer à l'attaque des Formes sur tout le pourtour successivement.

Et cela fut fait. Sous menace de mort, des esclaves entrèrent dans l'enceinte. Très peu, pourtant, y périrent, par l'excellence des précautions. La frontière se trouva fermement établie, rendue à tous visible par son pourtour de pieux.

Ainsi finit heureusement l'expédition hiératique, et les Zahelals se crurent abrités contre le subtil ennemi.

III
Les ténèbres

Mais le système préventif préconisé par le conseil, bientôt fut démontré impuissant. Au printemps suivant, les tribus Hertoth et Nazzum passant près de l'enceinte des pieux, sans défiance, un peu en désordre, furent cruellement assaillies par les Formes et décimées.

Les chefs qui échappèrent au massacre racontèrent au grand conseil Zahelal que les Formes étaient maintenant beaucoup plus nombreuses qu'à l'automne passé. Toutefois, comme auparavant, elles limitaient leur poursuite, mais les frontières s'étaient élargies.

Ces nouvelles consternèrent le peuple : il y eut un grand deuil et de grands sacrifices. Puis, le conseil résolut de détruire la forêt de Kzour par le feu.

Malgré tous les efforts on ne put incendier que la lisière.

Alors, les prêtres, au désespoir, consacrèrent la forêt, défendirent à quiconque d'y entrer. Et deux étés s'écoulèrent. Une nuit d'octobre, le campement endormi de la tribu Zulf, à deux portées d'arc de la forêt fatale, fut envahi par les Formes. Trois cents guerriers perdirent encore la vie.

De ce jour une histoire sinistre, dissolvante, mystérieuse, alla de tribu en tribu, murmurée à l'oreille, le soir, aux larges nuits astrales de la Mésopotamie. *L'homme allait périr*. *L'autre*, toujours élargi, dans les forêts, sur les plaines, indestructible, jour par jour dévorerait la race déchue. Et la confidence, craintive et noire, hantait les pauvres cerveaux, à tous durement ôtait la force de lutte, le superbe optimisme des jeunes races. L'homme errant, rêvant à cela, n'osait plus aimer les somptueux pâturages natals, cherchait en haut, de sa prunelle accablée, l'arrêt des constellations. Ce fut l'an mil des peuples enfants, le glas de la fin du monde, ou, peut-être, la résignation de l'homme rouge des savanes indiennes.

Et dans cette angoisse, les primitifs médiateurs venaient à un culte amer, un culte de mort que prêchaient de pâles prophètes, le culte des Ténèbres plus puissantes que les Astres, des Ténèbres qui devaient engloutir, dévorer la sainte Lumière, le feu resplendissant. Partout, aux abords des solitudes, on rencontrait immobiles, amaigries, des silhouettes d'inspirés, des hommes de silence, qui, par périodes, se répandant parmi les tribus, contaient leurs épouvantables rêves, le Crépuscule de la grande Nuit approchante, du Soleil agonisant.

IV
Bakhoûn

Or, à cette époque, vivait un homme extraordinaire, nommé Bakhoûn, issu de la tribu de Ptuh et frère du premier grand prêtre des Zahelals. De bonne heure, il avait quitté la vie nomade, fait choix d'une belle solitude, entre quatre collines, dans un mince et vivant vallon où roulait la clarté chanteuse d'une source. Des quartiers de rocs lui avaient fait la tente fixe, la demeure cyclopéenne. La patience, l'aide ménagée des bœufs et des chevaux, lui avaient créé l'opulence, des récoltes réglées. Ses quatre femmes, ses trente enfants, y vivaient de la vie d'Éden.

Bakhoûn professait des idées singulières, qui l'eussent fait lapider sans le respect des Zahelals pour son frère aîné, le grand prêtre suprême.

Premièrement, il croyait que la vie sédentaire, la vie à place fixe, était préférable à la vie nomade, ménageant les forces de l'homme au profit de l'esprit ;

Secondement, il pensait que le Soleil, la Lune et les Étoiles n'étaient pas des dieux, mais des masses lumineuses ;

Troisièmement, il disait que l'homme ne doit réellement croire qu'aux choses prouvées par la Mesure.

Les Zahelals lui attribuaient des pouvoirs magiques, et les plus téméraires, parfois, se risquaient à le consulter. Ils ne s'en repentaient jamais. On avouait qu'il avait souvent aidé des tribus malheureuses en leur distribuant des vivres.

Or, à l'heure noire, quand apparut la mélancolique alternative d'abandonner des contrées fécondes ou d'être détruites par des divinités inexorables, les tribus songèrent à Bakhoûn, et les prêtres eux-mêmes, après des luttes d'orgueil, lui députèrent trois des plus considérables de leur ordre.

Bakhoûn prêta la plus anxieuse attention aux récits, les faisant répéter, posant des questions nombreuses et précises. Il demanda deux jours de méditations. Ce temps écoulé, il annonça simplement qu'il allait se consacrer à l'étude des Formes.

Les tribus furent un peu désappointées, car on avait espéré que Bakhoûn pourrait délivrer le pays par sorcellerie. Néanmoins, les chefs se montrèrent heureux de sa décision et en espérèrent de grandes choses.

Alors, Bakhoûn s'établit aux abords de la forêt de Kzour, se retirant à l'heure du repos, et, tout le jour, il observait, monté sur le plus rapide étalon de Chaldée. Bientôt, convaincu de la supériorité du splendide animal sur les plus agiles des Formes, il put commencer son étude hardie et minutieuse des ennemis de l'Homme, cette étude à laquelle nous devons le grand livre anti-cunéiforme de soixante grandes belles tables, le plus beau livre lapidaire que les âges nomades aient légué aux races modernes.

C'est dans ce livre, admirable de patiente observation, de sobriété, que se trouve constaté un système de vie absolument dissemblable de nos règnes animal et végétal, système que Bakhoûn avoue humblement n'avoir pu analyser que dans son apparence la plus grossière, la plus extérieure. Il est impossible à l'Homme de ne pas frissonner en lisant cette monographie des êtres que Bakhoûn nomme les Xipéhuz, ces détails désintéressés, jamais poussés au merveilleux systématique, que l'antique scribe révèle sur leurs actes, leur mode de progression, de combat, de génération, et qui démontrent que la race humaine a été au bord du Néant, que la Terre a failli être le patrimoine d'un *Règne* dont nous avons perdu jusqu'à la conception.

Il faut lire la merveilleuse traduction de M. Dessault, ses découvertes inattendues sur la linguistique pré-assyrienne, découvertes plus admirées malheureusement à l'étranger, – en Angleterre, en Allemagne, – que dans sa propre patrie. L'illustre savant a daigné mettre à notre disposition les passages saillants du précieux ouvrage, et ces passages, que nous offrons ci-après au public, peut-être inspireront l'envie de parcourir les superbes traductions du Maître.

16

V
Puise au livre de Bakhoûn

Les Xipéhuz sont évidemment des Vivants. Toutes leurs allures décèlent la volonté, le caprice, l'association, l'indépendance partielle qui fait distinguer l'Être animal de la plante ou de la chose inerte. Quoique leur mode de progression ne puisse être défini par comparaison, – c'est un simple glissement sur terre – il est aisé de voir qu'ils le dirigent à leur gré. On les voit s'arrêter brusquement, se tourner, s'élancer à la poursuite les uns des autres, se promener par deux, par trois, manifester des préférences qui leur feront quitter un compagnon pour aller au loin en rejoindre un autre. Ils n'ont point la faculté d'escalader les arbres, mais ils réussissent à tuer les oiseaux *en les attirant* par des moyens indécouvrables. On les voit souvent cerner des bêtes sylvestres ou les attendre derrière un buisson ; ils ne manquent jamais de les tuer et de les consumer ensuite. On peut poser comme règle qu'ils tuent *tous les animaux indistinctement*, s'ils peuvent les atteindre, et cela sans motif apparent, car ils ne les consomment point, mais les réduisent simplement en cendres.

Leur manière de consumer n'exige pas de bûcher : le point incandescent qu'ils ont à leur base suffit à cette opération. Ils se réunissent à dix ou à vingt, en cercle, autour des gros animaux tués, et font converger leurs rayons sur la carcasse. Pour les petits animaux, – les oiseaux, par exemple, – les rayons d'un seul Xipéhuz suffisent à l'incinération. Il faut remarquer que la chaleur qu'ils peuvent produire n'est point instantanément violente. J'ai souvent reçu sur la main le rayonnement d'un Xipéhuz et la peau ne commençait à s'échauffer qu'après quelque temps.

Je ne sais s'il faut dire que les Xipéhuz sont de différentes formes, car tous peuvent se transformer successivement en

17

cônes, cylindres et strates, et cela en un seul jour. Leur couleur varie continuellement, ce que je crois devoir attribuer, en général, aux métamorphoses de la lumière depuis le matin jusqu'au soir et depuis le soir jusqu'au matin. Cependant quelques variations de nuances paraissent dues au caprice des individus et spécialement à leurs *passions*, si je puis dire, et constituent ainsi de véritables expressions de physionomie, dont j'ai été parfaitement impuissant, malgré une étude ardente, à déterminer les plus simples autrement que par hypothèse. Ainsi, jamais je n'ai pu, par exemple, distinguer une *nuance* colère d'une *nuance* douce, ce qui aurait été assurément la première découverte en ce genre.

J'ai dit leurs *passions*. Précédemment j'ai déjà remarqué leurs préférences, ce que je nommerais leurs *amitiés*. Ils ont leurs *haines* aussi. Tel Xipéhuz s'éloigne constamment de tel autre et réciproquement. Leurs colères paraissent violentes. J'en ai vu s'entrechoquer avec des mouvements identiques à ceux qu'on observe lorsqu'ils attaquent les gros animaux ou les hommes, et ce sont même ces combats qui m'ont appris qu'ils n'étaient point immortels, comme je me sentais d'abord disposé à le croire, car deux ou trois fois j'ai vu des Xipéhuz succomber dans ces rencontres, c'est-à-dire *tomber, se condenser, se pétrifier*. J'ai précieusement conservé quelques-uns de ces bizarres cadavres, et peut-être pourront-ils plus tard servir à découvrir la nature des Xipéhuz. Ce sont des cristaux jaunâtres, disposés irrégulièrement, et striés de filets bleus.

De ce que les Xipéhuz n'étaient point immortels, j'ai dû déduire qu'il devait être possible de les combattre et de les vaincre, et j'ai depuis lors commencé la série d'expériences combattantes dont il sera parlé plus loin.

Comme les Xipéhuz rayonnent toujours suffisamment pour être aperçus à travers les fourrés et même derrière les gros troncs, – une grande auréole émane d'eux en tous sens et avertit de leur approche, – j'ai pu me risquer souvent dans la forêt même, me fiant à la vélocité de mon étalon à la moindre alerte. Là, j'ai tenté de découvrir s'ils se construisaient des abris, mais j'avoue avoir échoué en cette recherche. Ils ne meuvent ni les pierres, ni les plantes, et paraissent étrangers à toute espèce d'industrie *tangible* et *visible*, seule industrie appréciable à l'observation humaine. Ils n'ont conséquemment point d'armes, selon le sens par nous attribué à ce mot. Il est certain qu'ils ne peuvent tuer à distance : tout animal qui a pu fuir sans subir le contact *immédiat* d'un Xipéhuz a infailliblement échappé, et de cela j'ai été maintes fois témoin.

Ainsi que l'avait déjà remarqué la malheureuse tribu de Pjehou, ils ne peuvent franchir certaines barrières idéales à la poursuite de leurs victimes. Mais ces limites se sont toujours accrues d'année en année, de mois en mois. J'ai dû en rechercher la cause.

Or, cette cause ne semble être autre qu'un phénomène de *croissance collective* et, comme la plupart des choses xipéhuzes, elle est hermétique à l'intelligence de l'homme. Brièvement, voici la loi : les limites de l'action xipéhuze s'élargissent proportionnellement au nombre des individus, c'est-à-dire que dès qu'il y a procréation de nouveaux êtres, il y a aussi extension des frontières ; mais tant que le nombre reste invariable, tout individu est totalement incapable de franchir l'habitat attribué – par la force des choses (?) – à l'ensemble de la race. Cette règle fait entrevoir une corrélation plus intime entre la masse et l'individu que la corrélation similaire remarquée parmi les hommes et les animaux. On a vu plus tard la réciproque de cette loi, car dès que les Xipéhuz ont commencé à diminuer, leurs frontières se sont proportionnellement rétrécies.

Du phénomène de la procréation même, j'ai peu à dire ; mais ce peu est caractéristique. D'abord, cette procréation se produit quatre fois l'an, un peu avant les équinoxes et les solstices, et seulement par les nuits très pures. Les Xipéhuz se réunissent par groupes de trois, et ces groupes, graduellement, finissent par n'en former qu'un seul étroitement amalgamé et disposé en ellipse très longue. Ils restent ainsi toute la nuit, et le matin jusqu'à l'ascension maximum du Soleil. Lorsqu'ils se séparent, on voit s'élever dans l'air des formes vagues, vaporeuses et *énormes*. Ces formes se condensent lentement, se rapetissent, se transforment au bout de dix jours en cônes ambrés, considérablement plus grands encore que les Xipéhuz adultes. Il faut deux mois et quelques jours pour qu'elles atteignent leur maximum de développement, c'est-à-dire de rétrécissement. Au bout de ce temps, elles deviennent semblables aux autres êtres de leur règne, de couleurs et de formes variables selon l'heure, le temps et le caprice individuel. Quelques jours après leur développement ou rétrécissement intégral, les frontières d'action s'élargissent. C'était, naturellement, un peu avant ce moment redoutable que je pressais les flancs de mon bon Kouath, afin d'aller établir mon campement plus loin.

Si les Xipéhuz ont des sens, c'est ce qu'il n'est pas possible d'affirmer. Ils possèdent certainement des appareils qui leur en tiennent lieu.

La facilité avec laquelle ils perçoivent à de grandes distances la présence des animaux, mais surtout celle de l'homme, annonce évidemment que leurs organes d'investigation valent au moins nos yeux. Je ne leur ai jamais vu confondre un végétal et un animal, même en des circonstances où j'aurais très bien pu commettre cette erreur, trompé par la lumière sub-branchiale, la couleur de l'objet, sa position. La circonstance de s'employer à vingt pour consumer un gros animal, alors qu'un seul s'occupe de la calcination d'un oiseau, prouve une entente correcte des proportions, et cette entente paraît plus parfaite si l'on observe qu'ils se mettent dix, douze, quinze, toujours en raison de la grosseur relative de la carcasse. Un meilleur argument encore en faveur soit de l'existence d'organes analogues à nos sens, soit de leur intelligence, est la façon dont ils agirent en attaquant nos tribus, car ils s'attachèrent peu ou point aux femmes et aux enfants, tandis qu'ils pourchassaient impitoyablement les guerriers.

Maintenant, – question la plus importante, – ont-ils un langage ? Je puis répondre à ceci sans la moindre hésitation : « Oui, ils ont un langage. » Et ce langage se compose de signes parmi lesquels j'en ai pu même déchiffrer quelques-uns.

Supposons, par exemple, qu'un Xipéhuz veuille parler à un autre. Pour cela, il lui suffit de diriger les rayons de son étoile vers le compagnon, ce qui est toujours perçu instantanément. L'appelé, s'il marche, s'arrête, attend. Le parleur, alors, trace rapidement, sur la surface même de son interlocuteur, – et il n'importe de quel côté – une série de courts caractères lumineux, par un jeu de rayonnement toujours émanant de la base, et ces caractères restent un instant fixés, puis s'effacent. L'interlocuteur, après une courte pause, répond.

Préliminairement à toute action de combat ou d'embuscade, j'ai toujours vu les Xipéhuz employer les caractères suivants :

Lorsqu'il était question de moi, – et il en était souvent question, car ils ont tout fait pour nous exterminer, mon brave Kouath et moi, – les signes

ont été invariablement échangés, – parmi d'autres, comme le mot ou la phrase

donné ci-dessus. Le signe d'appel ordinaire était

et il faisait accourir l'individu qui le recevait. Lorsque tous les Xipéhuz étaient invités à une réunion générale, je n'ai jamais failli à observer un signal de cette forme

représentant la triple apparence de ces êtres.

Les Xipéhuz ont d'ailleurs des signes plus compliqués, se rapportant non plus à des actions similaires aux nôtres, mais à un ordre de choses complètement extrahumain, et dont je n'ai rien pu déchiffrer. On ne peut entretenir le moindre doute relativement à leur faculté d'échanger des *idées* d'un ordre abstrait, probablement équivalentes aux idées humaines, car ils peuvent rester longtemps immobiles à ne faire rien autre chose que converser, ce qui annonce de véritables accumulations de pensées.

21

Mon long séjour près d'eux avait fini, malgré les métamorphoses (dont les lois varient pour chacun, faiblement sans doute, mais avec des caractéristiques suffisantes pour un épieur opiniâtre), par me faire connaître plusieurs Xipéhuz d'une façon assez intime, par me révéler des particularités sur les différences individuelles... dirais-je sur les caractères ? J'en ai connu de taciturnes, qui, quasi jamais, ne traçaient une parole ; d'expansifs qui écrivaient de véritables discours ; d'attentifs, de jaseurs qui parlaient ensemble, s'interrompaient les uns les autres. Il y en avait qui aimaient à se retirer, à vivre solitaires ; d'autres recherchaient évidemment la société ; des féroces chassaient perpétuellement les fauves, les oiseaux, et des miséricordieux souvent épargnaient les animaux, au contraire, les laissaient vivre en paix. Tout cela n'ouvre-t-il pas à l'imagination une gigantesque carrière ? ne porte-t-il pas à imaginer des diversités d'aptitudes, d'intelligence, de forces analogues à celles de la race humaine ?

Ils pratiquent l'éducation. Que de fois j'ai observé un vieux Xipéhuz, assis au milieu de très jeunes, leur rayonnant des signes que ceux-ci lui répétaient ensuite l'un après l'autre, et qu'il leur faisait recommencer quand la répétition en était imparfaite !

Ces leçons étaient bien merveilleuses à mes yeux, et de tout ce qui concerne les Xipéhuz, il n'est rien qui m'ait si souvent tenu attentif, rien qui ait plus préoccupé mes soirs d'insomnie. Il me semblait que c'était là, dans cette aube de la race, que le voile du mystère pouvait s'entrouvrir, là que quelque idée simple, primitive, jaillirait peut-être, éclairerait pour moi un recoin de ces profondes ténèbres. Non, rien ne m'a rebuté ; j'ai, des années durant, assisté à cette éducation, j'ai essayé des interprétations innombrables. Que de fois j'ai cru y saisir comme une fugitive lueur de la nature essentielle des Xipéhuz, une lueur extrasensible, une pure abstraction, et que, hélas ! mes pauvres facultés noyées de chair ne sont jamais parvenues à poursuivre !

J'ai dit plus haut que j'avais cru longtemps les Xipéhuz immortels. Cette croyance ayant été détruite à la vue des morts violentes arrivées à la suite des rencontres entre Xipéhuz, je fus naturellement amené à chercher leur point vulnérable et m'appliquai chaque jour, depuis lors, à trouver des moyens destructifs, car les Xipéhuz croissaient en nombre tellement, qu'après avoir débordé la forêt de Kzour au sud, au nord, à l'ouest, ils commençaient à empiéter les plaines du côté du levant. Hélas ! en peu de cycles ils auraient dépossédé l'homme de sa demeure terrestre.

Donc, je m'armai d'abord d'une fronde, et, dès qu'un Xipéhuz sortait de la forêt, à portée, je le visais et lui lançais ma pierre. Je n'obtins ainsi aucun résultat, quoique j'eusse atteint l'ensemble des individus visés à toutes les parties de leur surface, même au point lumineux. Ils paraissaient d'une insensibilité parfaite à mes atteintes et nul d'entre eux ne s'est jamais détourné pour éviter un de mes projectiles. Après un mois d'essai il fallut bien m'avouer que la fronde ne pouvait rien contre eux, et j'abandonnai cette arme.

Je pris l'arc. Aux premières flèches que je lançai, je découvris chez les Xipéhuz un sentiment de crainte très vive, car ils se détournèrent, se tinrent hors de portée, m'évitèrent tant qu'ils purent. Pendant huit jours, je tentai vainement d'en atteindre un. Le huitième jour, un parti Xipéhuz, emporté je pense par son ardeur chasseresse, passa assez près de moi en poursuivant une belle gazelle. Je lançai précipitamment quelques flèches, *sans aucun effet apparent*, et le parti se dispersa, moi les pourchassant et dépensant mes munitions. Je n'eus pas sitôt tiré la dernière flèche que tous revinrent à grande vitesse de différents côtés, me cernèrent aux trois quarts, et j'aurais perdu là l'existence sans la prodigieuse vélocité du vaillant Kouath.

Cette aventure me laissa plein d'incertitudes et d'espérances ; je passai toute la semaine inerte, perdu dans le vague et la profondeur de mes méditations, dans un problème excessivement passionnant, subtil, propre à faire fuir le sommeil, et qui, tout à la fois, m'emplissait de souffrance et de plaisir. Pourquoi les Xipéhuz craignaient-ils mes flèches ? Pourquoi, d'autre part, dans le grand nombre de projectiles

23

dont j'avais atteint ceux de la chasse, aucun n'avait-il produit d'effet ? Ce que je savais de l'intelligence de mes ennemis ne permettait pas l'hypothèse d'une terreur sans cause. Tout, au contraire, me forçait à supposer que la *flèche*, lancée dans des conditions particulières, devait être contre eux une arme redoutable. Mais quelles étaient ces conditions ? Quel était le point vulnérable des Xipéhuz ? Et brusquement la pensée me vint que c'était *l'étoile* qu'il fallait atteindre. Une minute j'en eus la certitude, une certitude passionnée, aveugle. Puis le doute froid vint. De la fronde, plusieurs fois, n'avais-je pas visé, touché ce but ? Pourquoi la flèche serait-elle plus heureuse que la pierre ?...

Or, c'était nuit, l'incommensurable abîme, ses lampes merveilleuses épandues par-dessus la terre. Et moi, la tête dans les mains, je rêvais, le cœur plus ténébreux que la nuit.

Un lion se mit à rugir, des chacals passèrent dans la plaine, et de nouveau la petite lumière d'espérance m'éclaira. Je venais de penser que le caillou de la fronde était relativement gros et l'étoile des Xipéhuz si minuscule ! Peut-être, pour agir, fallait-il aller profond, percer d'une pointe aiguë, et alors leur terreur devant la flèche s'expliquait !

Cependant Wéga tournait lentement sur le pôle, l'aube était proche, et la lassitude, pour quelques heures, endormit dans mon crâne le monde de l'esprit.

Les jours suivants, armé de l'arc, je fus constamment à la poursuite des Xipéhuz, aussi loin dans leur enceinte que la sagesse le permettait. Mais tous évitèrent mon attaque, se tenant au loin, hors de portée. Il ne fallait pas songer à se mettre en embuscade, leur mode de perception leur permettant de constater ma présence à travers les obstacles.

Vers la fin du cinquième jour, il se produisit un évènement qui, à lui seul, prouverait que les Xipéhuz sont des êtres faillibles à la fois et perfectibles comme l'homme. Ce soir-là, au crépuscule, un Xipéhuz s'approcha délibérément de moi, avec cette, vitesse constamment accélérée qu'ils affectionnent pour l'attaque. Surpris, le cœur palpitant, je bandai mon arc. Lui, s'avançait toujours, pareil à une colonne de turquoise dans le soir naissant, arrivait presque à portée. Puis, comme je m'apprêtais à lancer ma flèche, je le vis, avec stupéfaction, se retourner, cacher son étoile, sans cesser de progresser vers moi. Je n'eus que le temps de mettre Kouath au galop, de me dérober à l'atteinte de ce redoutable adversaire.

Or, cette simple manœuvre, à laquelle aucun Xipéhuz n'avait paru songer auparavant, outre qu'elle démontrait, une fois de plus, l'invention personnelle, l'individualité chez l'ennemi, suggérait deux idées : la première, c'est que j'avais chance d'avoir raisonné juste relativement à la vulnérabilité de l'étoile xipéhuze ; la seconde, moins encourageante, c'est que la même tactique, si elle était adoptée par tous, allait rendre ma tâche extraordinairement ardue, peut-être impossible.

Cependant, après avoir tant fait que d'arriver à connaître la vérité, je sentis grandir mon courage devant l'obstacle et j'osai espérer de mon esprit la subtilité nécessaire pour le renverser.

VI
Seconde période
du livre de Bakhoûn

Je retournai dans ma solitude. Anakhre, troisième fils de ma femme Tepaï, était un puissant constructeur d'armes. Je lui ordonnai de tailler un arc de portée extraordinaire. Il prit une branche de l'arbre Waham, dure comme le fer, et l'arc qu'il en lira était quatre fois plus puissant que celui du pasteur Zankann, le plus fort archer des mille tribus. Nul homme vivant n'aurait pu le tendre. Mais j'avais imaginé un artifice et Anakhre, ayant travaillé selon ma pensée, il se trouva que l'arc immense pouvait être tendu et détendu par une femme débile.

Or, j'avais toujours été expert à lancer le dard et la flèche, et en quelques jours j'appris à connaître si parfaitement l'arme construite par mon fils Anakhre que je ne manquais aucun but, fût-il menu comme la mouche ou vif comme le faucon.

Tout cela fait, je retournai vers Kzour, monté sur Kouath aux yeux de flamme, et je recommençai à rôder autour du domaine des ennemis de l'homme. Pour leur inspirer confiance, je tirai beaucoup de flèches avec mon arc habituel, à chaque fois qu'un de leurs partis approchait de la frontière, et mes flèches tombaient beaucoup en deçà d'eux. Ils apprirent ainsi à connaître la portée exacte de l'arme, et par là à se croire absolument hors de péril à des distances fixes. Pourtant, une défiance leur restait, qui les rendait mobiles, capricieux, tant qu'ils n'étaient pas sous le couvert de la forêt, et leur faisait dérober leurs étoiles à ma vue.

À force de patience, je lassai leur inquiétude, et, au sixième matin, une troupe vint se poster en face de moi, sous un grand arbre à châtaignes, à trois portées d'arc communes. Ils n'y furent pas sitôt que j'envoyai une nuée de flèches inutiles.

26

Alors, leur vigilance s'endormit de plus en plus et leurs allures devinrent aussi libres qu'aux premiers temps de mon séjour.

C'était l'heure décisive. Ma poitrine grondait si fort que, d'abord, je me sentis sans puissance. J'attendis, car d'une seule flèche dépendait le formidable avenir. Si celle-là faillait d'aller au but marqué, plus jamais peut-être les Xipéhuz ne se prêteraient à mon expérimentation, et alors comment savoir s'ils sont accessibles aux coups de l'homme ?

Cependant, minute à minute, l'être de volonté triompha, fit taire la poitrine, fit souples et forts les membres et tranquille la prunelle. Alors, lent, je levai l'arc d'Anakhre. Là-bas, au loin, un grand cône d'émeraude se tenait immobile dans l'ombre de l'arbre ; son étoile éclatante se tournait vers moi. L'arc énorme se tendit ; dans l'espace, sifflante, partit la flèche véloce… et le Xipéhuz, atteint, *tomba, se condensa, se pétrifia.*

Le cri sonore du triomphe jaillit de ma poitrine. Étendant les bras, dans l'extase, je remerciai l'Unique.

Ainsi donc ils étaient vulnérables à l'arme humaine, ces épouvantables Xipéhuz ! Ainsi donc on pouvait espérer les détruire !

Maintenant, sans crainte, je la laissai gronder, ma poitrine, je la laissai battre la musique d'allégresse, moi qui avais tant désespéré du futur de ma race, moi qui, sous la course des constellations, sous le bleu cristal de l'abîme, avais sombrement calculé qu'en deux siècles le vaste monde aurait senti craquer toutes ses limites devant l'invasion xipéhuze. Et pourtant, quand elle revint, la superbe, l'aimée, la pensive, la Nuit, il tomba une ombre sur ma béatitude, le chagrin que l'homme et le Xipéhuz ne pussent pas coexister, que la vie de l'un dût être la farouche condition de l'anéantissement de l'autre.

Livre deuxième

VII
Troisième période
du livre de Bakhoûn

I

Les prêtres, les vieillards et les chefs ont, dans l'émerveillement, écouté mon récit ; jusqu'au fond des solitudes les coureurs sont allés répéter la bonne nouvelle. Le grand Conseil a ordonné aux guerriers de se réunir à la sixième lune de l'an vingt-deux mille six cent et quarante-neuf, dans la plaine de Mehour-Asar, et les prophètes ont prêché la guerre sacrée.

Plus de cent mille guerriers Zahelals sont accourus ; un grand nombre de combattants des races étrangères, Dzoums, Sahrs, Khaldes, attirés par la renommée, sont venus s'offrir à la grande nation.

Kzour a été cerné d'un décuple rang d'archers, mais les flèches ont toutes échoué devant la tactique xipéhuze, et des guerriers imprudents, en grand nombre, ont péri.

Alors, pendant plusieurs semaines, une grande terreur a prévalu parmi les hommes…

Le troisième jour de la huitième Lune, armé d'un couteau à pointe fine, j'ai annoncé aux peuples innombrables que j'allais seul combattre les Xipéhuz dans l'espérance de détruire la défiance qui commençait à naître contre la vérité de mon récit.

Mes fils Loûm, Demja, Anakhre, se sont violemment opposés à mon projet et ont voulu prendre ma place. Et Louma dit : « Tu ne peux pas y aller, car, toi mort, tous croiraient les Xipéhuz invulnérables, et la race humaine périrait. »

Demja, Anakhre et beaucoup de chefs ayant prononcé les mêmes paroles, j'ai trouvé ces raisons justes et je me suis retiré.

Alors, Loûm, s'étant emparé de mon couteau à manche de corne, a passé la frontière mortelle et les Xipéhuz sont

29

accourus. L'un d'eux, beaucoup plus rapide que les autres, allait l'atteindre, mais Loûm, plus subtil que le léopard, s'écarta, tourna le Xipéhuz, puis d'un bond géant, le rejoignit, darda la pointe aiguë.

Les peuples immobiles virent *crouer, se condenser, se pétrifier* l'adversaire. Cent mille voix montèrent dans le matin bleu, et déjà Loûm revenait, franchissait la frontière. Son nom glorieux circulait à travers les armées.

II
Première bataille

L'an du monde 22649, le septième jour de la huitième lune.

À l'aube, les cors ont sonné ; les lourds marteaux ont frappé les cloches d'airain pour la grande bataille. Cent buffles noirs, deux cents étalons ont été immolés par les prêtres, et mes cinquante fils ont avec moi prié l'Unique.

La planète du soleil s'est engloutie dans l'aurore rouge, les chefs ont galopé au front des armées, la clameur de l'attaque s'est élargie avec la course impétueuse de cent mille combattants.

La tribu de Nazzum a, la première, abordé l'ennemi et le combat a été formidable. Impuissants d'abord, fauchés par les coups mystérieux, bientôt les guerriers ont connu l'art de frapper les Xipéhuz et de les anéantir. Alors, toutes les nations, Zahelals, Dzoums, Sahrs, Khaldes, Xisoastres, Pjarvanns, grondantes comme les océans, ont envahi la plaine et la forêt, partout cerné les silencieux adversaires.

Pendant longtemps toute la bataille a été un chaos ; les messagers continuellement venaient apprendre aux prêtres que les hommes périssaient par centaines, mais que leur mort était vengée.

À l'heure brûlante, mon fils Sourdar aux pieds agiles, dépêché par Loûm, est venu me dire que, pour chaque Xipéhuz anéanti, il périssait douze des nôtres. J'ai eu l'âme noire et le cœur sans force, puis mes lèvres ont murmuré :

– Qu'il en soit comme le veut le seul Père !

Et m'étant rappelé le dénombrement des guerriers, qui donnait le chiffre de cent et quarante mille ; sachant que les Xipéhuz s'élevaient à quatre mille environ, je pensai que plus du tiers de la vaste armée périrait, mais que la terre serait à l'homme. Or, il aurait pu se faire que l'armée n'y suffit pas :

– C'est donc une victoire ! murmurai-je tristement.

Mais comme je songeais à ces choses, voilà que la clameur de la bataille fit trembler plus fort la forêt, puis de tous les côtés les guerriers reparurent et tous, avec des cris de détresse, s'enfuyaient vers la frontière de Salut.

Alors je vis les Xipéhuz déboucher à l'Orée, non plus séparés les uns des autres, comme au matin, mais unis par vingtaines, circulairement, leurs feux tournés à l'intérieur des groupes. Dans cette position, invulnérables, ils avançaient sur nos guerriers impuissants, et les massacraient épouvantablement.

C'était la débâcle, et terrible. Les plus hardis combattants ne songeaient qu'à la fuite. Pourtant, malgré le deuil qui s'élargissait sur mon âme, j'observai patiemment les péripéties fatales, dans l'espoir de trouver quelque remède au fond même de l'infortune, car souvent le venin et l'antidote habitent côte à côte.

De cette confiance dans la réflexion, le destin me récompensa par deux découvertes. Je remarquai, premièrement, aux places où nos tribus étaient en grandes multitudes et les Xipéhuz en petit nombre, que la tuerie, d'abord incalculable, se *ralentissait* à mesure, que les coups de l'ennemi portaient de *moins en moins*, beaucoup de frappés se relevant après un bref étourdissement, et les plus robustes finissant même par résister complètement au choc, par continuer la fuite après des atteintes répétées. Le même phénomène se renouvelant en divers points du champ de bataille, j'osai hardiment conclure que les Xipéhuz se fatiguaient, que leur puissance de destruction ne dépassait pas une certaine limite.

La seconde remarque, qui complétait merveilleusement la première, me fut fournie par un groupe de Khaldes. Ces pauvres gens, entourés de tous côtés par l'ennemi, perdant confiance

31

dans leurs courts couteaux, arrachèrent des arbustes et s'en firent des massues à l'aide desquelles ils essayèrent de se frayer un passage. À ma grande surprise, leur tentative réussit. Je vis des Xipéhuz par douzaines perdre l'équilibre sous les coups, et environ la moitié des Khaldes s'échapper par la trouée ainsi faite, mais, chose singulière, ceux qui, au lieu d'arbustes, se servirent d'instruments d'airain (ainsi qu'il advint à quelques chefs), ceux-là se tuèrent eux-mêmes en frappant l'ennemi. Il faut encore remarquer que les coups de massue ne firent pas de mal sensible aux Xipéhuz, car ceux qui étaient tombés se relevèrent promptement et reprirent la poursuite. Je n'en considérai pas moins ma double découverte comme d'une extrême importance pour les luttes futures.

Cependant, la débâcle continuait. La terre retentissait de la fuite des vaincus ; avant le soir, il ne restait plus dans les limites xipéhuzes que nos morts et quelques centaines de combattants montés aux arbres. De ces derniers, le sort fut terrible, car les Xipéhuz les brûlèrent vivants en convergeant mille feux dans les branchages qui les abritaient. Leurs cris effroyables retentirent pendant des heures sous le grand firmament.

III
Bakhoûn élu

Le lendemain, les peuples firent le dénombrement des survivants. Il se trouva que la bataille coûtait neuf mille hommes environ ; une évaluation sage porta la perte des Xipéhuz à six cents. De sorte que la mort de chaque ennemi avait coûté quinze existences humaines.

Le désespoir se mit dans les cœurs ; beaucoup criaient contre les chefs et parlaient d'abandonner l'épouvantable entreprise. Alors, parmi les murmures, je m'avançai au milieu du camp et je me mis à reprocher hautement à toute la pusillanimité de leurs âmes. Je leur demandai s'il était préférable de laisser périr tous les hommes ou d'en sacrifier une partie ; je leur démontrai qu'en dix ans toute la contrée zahelale serait envahie par les Formes, et en vingt ans le pays des Khaldes, des Sahrs, des Pjarvanns et des Xisoastres ; puis, ayant ainsi éveillé leur conscience, je leur fis reconnaître que déjà un sixième du redoutable territoire était revenu aux hommes, que par trois côtés l'ennemi était refoulé dans la forêt. Enfin je leur communiquai mes observations, je leur fis comprendre que les Xipéhuz n'étaient pas infatigables, que des massues de bois pouvaient les renverser et les forcer de découvrir leur point vulnérable.

Un grand silence régnait sur la plaine, l'espoir revenait au cœur des guerriers innombrables qui m'écoutaient. Alors, pour augmenter la confiance, je décrivis des appareils de bois que j'avais imaginés, propres à la fois à l'attaque et à la défense. L'enthousiasme renaquit, les peuples applaudirent ma parole et les chefs mirent leur commandement à mes pieds.

IV
Métamorphoses de l'armement

Les jours suivants, je fis abattre un grand nombre d'arbres, et je donnai le modèle de légères barrières portatives dont voici la description sommaire ; un châssis long de six, large de deux coudées, relié par des barreaux à un châssis intérieur d'une largeur d'une coudée sur une longueur de cinq. Six hommes (deux porteurs, deux guerriers armés de grosses lances de bois obtuses, deux autres également armés de lances de bois, mais à très fines pointes métalliques, et pourvus, en outre, d'arcs et de flèches) pouvaient y tenir à l'aise, circuler en forêt, abrités contre le choc immédiat des Xipéhuz. Arrivés à portée de l'ennemi, les guerriers pourvus de lances obtuses devaient frapper, renverser, forcer l'ennemi à se découvrir, et les archers-lanciers devaient viser les étoiles, soit de la lance, soit de l'arc, suivant l'éventualité. Comme la stature moyenne des Xipéhuz atteignait un peu au-delà d'une coudée et demie, je disposai les barrières de façon que le châssis extérieur ne dépassât pas, pendant la marche, une hauteur au-dessus du sol de plus d'une coudée et un quart, et pour cela il suffisait d'incliner un peu les supports qui le reliaient au châssis intérieur porté à main d'homme. Comme d'ailleurs les Xipéhuz ne savent pas franchir les obstacles abrupts, ni progresser autrement que debout, la barrière ainsi conçue était suffisante pour abriter contre leurs attaques immédiates. Assurément, ils feraient effort pour brûler ces armes nouvelles, et en plus d'un cas ils devaient y parvenir, mais comme leurs feux ne sont guère efficaces hors de portée de flèche, ils étaient forcés de se découvrir pour entreprendre cette calcination, qui, n'étant pas instantanée, permettait aussi, par des manœuvres de déplacement rapides, de s'y soustraire en grande partie.

V
La deuxième bataille

L'an du monde 22649, le onzième jour de la huitième lune. Ce jour a été livrée la seconde bataille contre les Xipéhuz, et les chefs m'ont remis le commandement suprême. Alors, j'ai divisé les peuples en trois armées. Un peu avant l'aurore, j'ai lancé quarante mille guerriers contre Kzour, armés selon le système des barrières. Cette attaque a été moins confuse que celle du septième jour. Les tribus sont entrées lentement dans la forêt, par petites troupes disposées en bon ordre, et la rencontre a commencé. Elle a été tout à l'avantage des hommes pendant la première heure, les Xipéhuz ayant été complètement déroutés par la tactique nouvelle ; plus de cent des Formes ont péri, à peine vengées par la mort d'une dizaine de guerriers. Mais, la surprise passée, les Xipéhuz ont commencé de vouloir brûler les barrières. Ils ont pu, en quelques circonstances, y réussir. Une manœuvre plus dangereuse fut celle adoptée par eux vers la quatrième heure du jour : profitant de leur vélocité, des groupes de Xipéhuz, serrés les uns contre les autres, arrivaient sur les barrières, réussissaient à les renverser. Il périt de cette façon un très grand nombre d'hommes, si bien que, l'ennemi reprenant l'avantage, une partie de notre armée se désespéra.

Vers la cinquième heure, les tribus Zahelales de Khemar, de Djoh et une partie des Xisoastres et des Sahrs commencèrent la déroute. Voulant éviter une catastrophe, je dépêchai des courriers protégés par de fortes barrières pour annoncer du renfort. En même temps, je disposai la seconde armée pour l'attaque ; mais, auparavant, je donnai des instructions nouvelles : c'est que les barrières devaient se maintenir par groupes aussi denses que le permettait la circulation en forêt, et se disposer en carrés compactes dès qu'approchait une troupe un peu imposante de Xipéhuz, sans pour cela abandonner l'offensive.

Cela dit, je donnai le signal ; en peu de temps, j'eus le bonheur de voir que la victoire revenait aux peuples coalisés. Enfin, vers le milieu du jour, un dénombrement approximatif, portant le nombre des pertes de notre armée à deux mille hommes et celles des Xipéhuz à trois cents, fit voir d'une façon décisive les progrès accomplis, et remplit toutes les âmes de confiance pour le triomphe définitif.

Toutefois, la proportion varia légèrement à notre désavantage vers la quatorzième heure, les Peuples perdant alors quatre mille individus et les Xipéhuz cinq cents. C'est alors que je lançai le troisième corps : la bataille atteignit sa plus grande intensité, l'enthousiasme des guerriers grandissant de minute en minute, jusqu'à l'heure où le soleil fut prêt à tomber dans l'Occident. Vers ce moment, les Xipéhuz reprirent l'offensive au nord de Kzour ; un recul des Dzoums et des Pjarvanns me fit concevoir de l'inquiétude. Jugeant, en outre, que la nuit serait plus favorable à l'ennemi qu'aux nôtres, je fis sonner la fin de la bataille. Le retour des troupes se fit avec calme, victorieusement ; une grande partie de la nuit se passa à célébrer nos succès. Ils étaient considérables : huit cents Xipéhuz avaient succombé, leur sphère d'action était réduite aux deux tiers de Kzour. Il est vrai que nous avions laissé sept mille des nôtres dans la forêt ; mais ces pertes étaient bien inférieures, proportionnellement au résultat, à celles de la première bataille. Aussi, rempli d'espoir, osai-je alors concevoir le plan d'une attaque plus décisive contre les deux mille six cents Xipéhuz encore existants.

VI
L'extermination

L'an du monde 22649, le quinzième jour de la huitième lune. Quand l'astre rouge s'est posé sur les collines orientales, les peuples étaient rangés en bataille devant Kzour.

L'âme grandie d'espérance, j'ai fini de parler aux chefs, les cors ont sonné, les lourds marteaux ont retenti sur l'airain, et la première armée a marché contre la forêt.

Or, les barrières étaient plus fortes, un peu plus grandes, et renfermaient douze hommes au lieu de six, sauf un tiers environ qui étaient construites d'après l'idée ancienne.

Ainsi, elles devenaient plus difficiles à brûler comme à renverser.

Les premiers moments du combat ont été heureux ; après la troisième heure, quatre cents Xipéhuz étaient exterminés, et deux mille des nôtres seulement. Encouragé par ces bonnes nouvelles, je lançai le deuxième corps. L'acharnement de part et d'autre devint alors épouvantable, nos combattants s'accoutumant au triomphe, les antagonistes déployant l'opiniâtreté d'un noble Règne. De la quatrième à la huitième heure, nous ne sacrifiâmes pas moins de dix mille vies ; mais les Xipéhuz les payèrent de mille des leurs, si bien que mille seulement restaient dans les profondeurs de Kzour.

De ce moment, je compris que l'Homme aurait la possession du monde ; mes dernières inquiétudes s'apaisèrent.

Pourtant, à la neuvième heure, il y eut une grande ombre sur notre victoire. À ce moment, les Xipéhuz ne se montraient plus que par masses énormes dans les clairières, dérobant leurs étoiles, et il devenait presque impossible de les renverser. Animés par la bataille, beaucoup des nôtres se ruaient sur ces masses. Alors, d'une évolution rapide, un gros de Xipéhuz se détachait, renversait, massacrait les téméraires.

Un millier périt ainsi, sans perte sensible pour l'ennemi ; ce que voyant, des Pjarvanns crièrent que tout était fini ; une panique prévalut qui mit plus de dix mille hommes en fuite, un grand nombre ayant même l'imprudence d'abandonner les barrières pour aller plus rapidement, il leur en coûta. Une centaine de Xipéhuz, mis à leur poursuite, abattit plus de deux mille Pjarvanns et Zahelals, et l'épouvante commença de se répandre sur toutes nos lignes.

Quand les coureurs m'apportèrent cette funeste nouvelle, je compris que la journée serait perdue si je ne réussissais, par quelque rapide manœuvre, à reprendre les positions perdues. Immédiatement, je fis porter aux chefs de la troisième armée l'ordre de l'attaque, et j'annonçai que j'en prendrais le commandement. Puis, je portai rapidement ces réserves dans la direction d'où venaient les fuyards. Nous nous trouvâmes bientôt face à face avec les Xipéhuz poursuivants. Entraînés par l'ardeur de leur tuerie, ceux-ci ne se reformèrent pas assez vite, et, en peu d'instants, je les eus fait envelopper : très peu échappèrent, l'acclamation immense de notre victoire alla rendre courage aux nôtres.

Dès lors, je n'eus pas de peine à reformer l'attaque ; notre manœuvre se borna constamment à détacher des segments des groupes ennemis, puis à envelopper ces segments et à les anéantir.

Bientôt, concevant combien cette tactique leur était défavorable, les Xipéhuz recommencèrent contre nous la lutte en petits corps, et le massacre de deux Règnes, dont l'un ne pouvait exister que par l'anéantissement de l'autre, redoubla effroyablement. Mais tout doute sur l'issue finale disparaissait des âmes les plus pusillanimes. Vers la quatorzième heure, c'est à peine s'il restait cinq cents Xipéhuz contre plus de cent mille hommes, et ce petit nombre d'antagonistes était de plus en plus enfermé dans des frontières étroites, un sixième environ de la forêt de Kzour, ce qui facilitait extrêmement nos manœuvres.

Cependant, le crépuscule ruisselait en rouge lumière à travers les arbres, et craignant les embûches de l'ombre, je fis interrompre le combat.

L'immensité de la victoire dilatait toutes les âmes ; les chefs parlèrent de m'offrir la souveraineté des peuples. Je leur conseillai de ne jamais confier les destinées de tant d'hommes à une pauvre créature faillible, mais d'adorer l'Unique, et de prendre pour chef terrestre la *Sagesse*.

VIII
Dernière période du livre de Bakhoûn

La Terre appartient aux Hommes. Deux jours de combat ont anéanti les Xipéhuz ; tout le domaine occupé par les deux cents derniers a été rasé, chaque arbre, chaque plante, chaque brin d'herbe a été abattu. Et j'ai achevé, pour la connaissance des peuples futurs, aidé par Loûm, Azah et Simhô, mes fils, d'inscrire leur histoire sur des tables de granit.

Et me voici seul, au bord de Kzour, dans la nuit pâle. Une demi-lune de cuivre se tient sur le Couchant. Les lions rugissent aux étoiles. Le fleuve erre lentement parmi les saules ; sa voix éternelle raconte le temps qui passe, la mélancolie des choses périssables. Et j'ai enterré mon front dans mes mains, et une plainte est montée de mon cœur. Car, maintenant que les Xipéhuz ont succombé, mon âme les regrette, et je demande à l'Unique quelle Fatalité a voulu que la splendeur de la Vie soit souillée par les ténèbres du Meurtre !

FIN DES XIPÉHUZ

Le cataclysme

I
Symptômes

Au plateau Tornadres, depuis quelques semaines, la nature palpitait, équivoque, angoisseuse, tout son délicat organisme végétal parcouru d'électricités intermittentes, de signes symboliques d'un grand évènement matériel. Les bêtes libres, aux cultures, aux châtaigneraies, se montraient moins rapides à fuir les périls quotidiens. Elles semblaient vouloir se rapprocher de l'homme, erraient auprès des censes. Puis, elles prirent un parti extraordinaire, propre à épouvanter : elles émigrèrent, elles s'enfoncèrent aux vals de l'Iaraze.

C'était, au début des nuits, dans les pénombres sylvestres et buissonnières, un drame de fauves nerveux quittant leurs retraites, à pas furtifs, avec des pauses, des arrêts, une mélancolie à fuir la terre natale. La sombre et traînante voix des loups alternait avec le grognement sourd des sangliers, les sanglots de la bête ruminante. Partout se glissaient, et généralement vers le Sud-Ouest, des silhouettes cendreuses sur les labours, sous le ciel libre : grands crânes boisés, lourds organismes tapiriens à pattes brèves, et des bêtes plus menues, carnassières ou herbivores : lièvres, taupes, lapins, renards, écureuils.

Les batraciens suivirent, les reptiles, les insectes aptères, et il survint une semaine où la pointe Sud-Ouest fut toute noyée d'organismes inférieurs, une vermiculaire, effroyable populace, depuis la silhouette sauteleuse des raines jusqu'aux limaces, aux porte-coquille, aux élytres merveilleuses du crabe, aux crustacés horribles qui vivent sous la pierre, dans les ténèbres éternelles, jusqu'au ver, à la sangsue, aux larves.

Bientôt, ne demeura que la bête ailée. Encore, l'oiseau, plein de malaise, comme accroché davantage aux ramures, craintif de planements, saluait les crépuscules d'un chant plus bas, souvent quittait le terroir toute une partie du jour. Les corbeaux et les chouettes tenaient de grandes assemblées, les martinets se concertaient comme pour les départs d'automne, les pies s'agitaient et criaient tout le jour.

L'épouvante mystérieuse s'épandait aux esclaves : les ouailles, la vache, le cheval, le chien même. Résignés, dans leur confiance humble de serfs, espérant tout salut de l'Homme, ils restaient encore au plateau Tornadres, hors les chats, enfuis eux, aux premiers jours, retournant à la liberté sauvage.

Soir par soir, une confuse tristesse, une asphyxie d'âme grandissait chez les habitants des Censes et chez les propriétaires du domaine de la *Corne*, la prescience confuse d'un cataclysme et que pourtant la topographie du Tornadres démentait. Éloigné des pays volcaniques et de l'Océan, insubmersible – à peine quelques ruisselets – de texture compacte, où donc était la menace ? On la sentait pourtant, tout électrique, aux dressements des ramuscules et des brins d'herbes à telles heures matinales, aux attitudes singulières de la feuille, à des effluves subtils et suffocants, à des phosphorescences inhabituelles, à un tourment de la chair, la nuit, qui faisait se lever les paupières, condamnait l'être aux insomnies, à l'allure extraordinaire de la bête de labour, souvent roidie, les naseaux ouverts et tremblants, *et qui tournait sa tête vers le Septentrion.*

II
L'averse astrale

Un soir, à la *Corne*, Sévère et sa femme achevaient de dîner, devant la fenêtre mi-close. Un tiers de lune errait près du Zénith, pâle et plein de grâce, par-dessus les perspectives vastes, et une ascension de vapeurs décorait la frontière occidentale. Un charme trouble, une ardeur du système nerveux à tout coup éveillé d'une commotion obscure, les tenait silencieux, les imbibait d'une esthétique particulière, d'un émerveillement profond pour les splendeurs nocturnes. Une tremblerie harmonieuse sourdait des arbres du jardin ; par la grille de l'avenue, au fond, se posait une féerie de choses confuses, les emblaves du Tornadres, des blêmissements de censes, le mystère aimable des lumières humaines épandues et la vague tourelle ardoiseuse de l'Église rustique. Les maîtres de la *Corne* s'émouvaient à cela, troublés par les vibrations de leurs fibres, mais, les commotions se faisant plus âpres au long des vertèbres, la femme laissa choir la grappe de raisin qu'elle égrenait, la lèvre souffrante :

– Mon Dieu ! cela va-t-il s'éterniser ?

Il la contempla, avec le grand désir de lui donner de la bravoure, mais lui-même l'âme en stupeur et obscurcie devant une force impondérable.

Sévère Lestang était de ces graves savants qui cherchent lentement le secret des choses, travaillent sans impatience la nature, et savent se désintéresser de la gloire.

Aussi était-il homme, en même temps que savant, les prunelles douces et courageuses, avec la volonté de *vivre sa vie* en même temps que de développer ses facultés. Luce, sa femme, était nerveuse, cette montagnarde, d'une grâce légère, amoureuse, enveloppante, un peu sombre pourtant. Sous la protection calme et attentive de son mari, elle était comme

43

certaines fleurs infiniment frêles qui vivent dans des anses de grands fleuves, entre de larges feuilles ombreuses.

Sévère dit :

– Si tu veux, nous partirons demain.

– Oui... s'il te plaît !

Elle vint auprès de lui, en réfugiée, murmurant :

– Puis, tu sais... on dirait qu'on ne tient plus au sol... que, le soir surtout, quelque chose vous prend et vous emporte... tiens ! je n'ose plus marcher vite, tellement les pas m'entraînent... et on monte les escaliers sans effort, mais avec la peur continuelle de tomber...

– Tu te trompes, Luce, c'est une illusion nerveuse...

Il souriait, la pressant à lui, mais, avec terriblement de malaise, lui aussi ayant perçu cette légèreté inanalysable... Tantôt encore, avant le crépuscule, n'avait-il pas voulu marcher plus vite pour rejoindre la « Corne », et ses pas s'allongeaient, transformés en bonds, le lançaient à une vitesse effrayante. L'équilibre en était rompu, une difficulté à garder la verticale, une sensation d'ataxie à la plante des pieds. Et il s'était remis à pas lents, s'accrochant à la glèbe, solidement, recherchant les grosses terres collantes.

– Tu crois que c'est une illusion ? fit-elle.

– J'en suis sûr, Luce.

Elle le regarda, tandis qu'il lui frôlait la frange des cheveux, et tout à coup elle le sentit nerveux autant qu'elle, électrisé d'angoisse profonde, n'étant plus pour elle le refuge, mais une pauvre créature frôle devant les puissances énigmatiques.

Alors elle devint plus pâle, les dents bruissantes.

– Le café te remettra, fit-il.

– Peut-être.

Mais ils sentaient le mensonge de leurs paroles, la pauvreté de tout cordial, de tout remède humain contre l'Inconnaissable approchant, contre cette vaste métamorphose des phénomènes qui ne participait plus de la vie terrestre, qui troublait d'avance, depuis des semaines, la faune et la flore, la bête et la plante.

Ils sentaient ce mensonge, ils n'osaient se regarder, dans la peur instinctive de se communiquer leurs pressentiments, de doubler leur détresse par l'induction nerveuse.

Et durant de longues minutes, ils écoutèrent en eux, dans leur chair, le retentissement sourd et confus du Mystère.

Une domestique apporta le café, peureuse ; ils la regardaient partir, trébuchante, n'osant interroger cet effarement pareil au leur :

– As-tu vu comme Marthe marchait ? demanda Luce.

Il ne répondit pas, surpris devant la petite cuiller d'argent qu'il venait d'atteindre. Elle, percevant son regard fixe, à son tour regardait, s'exclamait :

– Elle est verte !

En effet, la petite cuiller était verte, d'une lueur très pâle d'émeraude, et soudain ils remarquèrent la même teinte sur les autres cuillers, sur tous les ustensiles d'argent.

– Ah ! mon Dieu ! cria la jeune femme.

Le doigt levé, elle se mit à dire d'une voix basse, chuchotante, pénible :

Lors que l'Argent verdoiera,
La Roge Aigue proche sera,
Dévorant Étoiles et lune...

Ces paroles, antique et vague prophétie que les paysans du plateau de Tornadres se transmettent d'âge en âge, Sévère en tressaillit. À tous deux c'était une impression de ténèbres et de fatalité, incolore, insonore, au-delà de tout anthropomorphisme. D'où donc venait, aux pauvres rustres, cet oracle maintenant si grave ? Quelle science, quelles observations des temps reculés, quels souvenirs de cataclysme, symbolisait-il ? Et Sévère eut l'envie immense d'être loin du Tornadres, le remords de n'avoir pas obéi au sûr instinct de l'animal, d'avoir osé suivre la pauvre logique cérébrale devant l'avertissement de la Nature.

– Veux-tu partir ce soir ? demanda-t-il ardemment à Luce.

– Jamais, avant le retour du matin, je n'oserais quitter la demeure !

Il songea qu'il pouvait être aussi périlleux de s'aventurer dans la nuit que de rester à la *Corne* ; il se résigna, songeur. Une grande lamentation interrompit sa pensée, des hennissements fiévreux, le tapage sourd d'une lutte des chevaux contre la porte de l'écurie. Le chien hurla, les clameurs s'épandirent au long du plateau de Tornadres, répercutées par d'autres bêtes, des ruminants pleins d'épouvante, des ânes sanglotants. En même temps, au ciel, une lueur verdâtre, et une étoile filante passa, très grosse, à traîne resplendissante.

– Vois ! fit Luce.

D'autres météorites sourdirent, isolés d'abord, puis en petits groupes, tous à longues écharpes, à noyaux puissants, de beauté miraculeuse.

– Nous sommes dans la nuit du dix août, dit Sévère, et les averses d'étoiles vont croître... il n'y a là rien que de normal...

– Et pourquoi, cependant, nos lampes diminuent-elles ?

Les lampes, en effet, baissaient leurs flammes, une densité électrique supérieure enveloppait les choses, une terreur, non de mort, mais de vie exaspérée, de dilatation surnaturelle, tellement que Sévère et Luce s'accrochaient aux meubles pour *peser davantage*, pour percevoir *le contact de la matière solide*. Une poussée étrange les enlevait, leur ôtait le sens de l'équilibre. Ils se sentaient dans une atmosphère nouvelle, où l'éther agissait avec une puissance *vivante*, où je ne sais quoi d'organique – d'un organique d'outre-terre – troublait chaque goutte du sang, orientait chaque molécule, induisait jusque dans la profondeur des os, et roidissait peu à peu tous les cheveux et tous les poils.

D'ailleurs, comme Sévère l'avait prédit, l'averse stellaire s'accéléra, toute la concavité du firmament emplie de bolides. Par degrés, il s'y mêla un phénomène inconnu, persistant, grandissant : des voix. Des voix légères, lointaines, musicales, une symphonie de cordelles dans la profondeur céleste, un chuchottis parfois presque humain, qui faisait songer à l'harmonie des sphères du vieux Pythagore.

– Ce sont des âmes ! murmura-t-elle.

– Non, dit-il, non, ce sont des Forces !

Mais, Âmes ou Forces, c'était le même Inconnu, la même menace hermétique, la pression d'un évènement prodigieux, les plus noires des peurs humaines : l'Informe et l'Imprévisible. Et les voix allaient toujours au-dessus du murmure des choses, affreusement douces, essentielles, subtiles, ramenant Luce à l'Humilité d'enfance, au Culte, à la Prière :

– Notre Père qui êtes aux Cieux...

Il n'en osait pas sourire, les coups du cœur multipliés à lui briser les artères, et son esprit mâle, pourtant, plus curieux de *cause* que celui de la femme, essayant de pénétrer quel magnétisme, quelles polarités extraterrestres travaillaient ce coin du globe et s'il n'en était pas de même dans la vallée de l'Iaraze.

Mais, hors du plateau, depuis le commencement du phénomène – et aujourd'hui encore Sévère était descendu jusqu'à la rivière – personne n'avait perçu des symptômes d'inconnu. Les bêtes et les hommes y vivaient tranquilles. La vie y gardait sa forme normale. Et pourquoi, cependant ? quelles corrélations entre le ciel et le plateau, quel cycle de phénomènes – car la prophétie des paysans du Tornadres impliquait un cycle – quel cycle réglait ce grand Drame ?

Une péripétie survint, un assaut triomphant des bêtes contre la vieille porte de l'écurie. Les trois chevaux de la *Corne* parurent, bondissants, la bouche neigeuse d'écume, sous les rayons pâles de la lune basse.

– Ici, Clairon ! articula Sévère.

Un des chevaux s'approcha, les autres suivirent. Jamais scène fantasmagorique comme les trois longues têtes encreuses dans l'ombre et les rayons, devant la croisée, leurs grands yeux convexes, reniflant Luce et Sévère, visiblement questionneurs, avec un retour de vague confiance dans le Maître, une idée trouble de la puissance de celui qui les nourrissait. Puis, à l'on ne sait quoi, peut être un redoublement de météorites, tout à coup l'absolue terreur au fond de leurs larges prunelles, leurs narines plus caverneuses, la panique folle de leur race, et, s'arrachant de la fenêtre, hennissants, ils s'élancèrent.

– Oh ! comme ils sautent ! fit Luce.

Ils allaient, en vérité, d'une allure formidable, en bonds énormes ; tout à coup le plus impétueux, au fond du jardin, devant la haute grille de fer, s'enleva comme une bête ailée, franchit l'obstacle.

– Tu vois ! tu vois ! s'écria Luce… lui aussi ne pèse plus !

– Ni les deux autres ! répliqua-t-il involontairement.

En effet, les deux autres ombres, noires, s'enlevaient, sans même frôler les barreaux, passaient à plus de quatre mètres de hauteur. Leurs silhouettes agiles, emportées vertigineusement par les campagnes, décroissaient, s'évaporaient, disparaissaient. Au même moment, un domestique survenait, seul, timide, à peine osant avancer d'une marche effarée de petit enfant.

Sévère eut une pitié infinie du pauvre diable, comprit que tous, à la *Corne*, devaient se tenir claquemurés, en proie à la même croissance de terreur que les Maîtres.

– Laisse, Victor ! fit-il… On les retrouvera.

Victor s'approcha, se tenant aux arbres, puis à la muraille, aux volets. Il demanda :

– Est-ce vrai, Monsieur, que la « roge aigue » va venir ?…

Sévère hésita, gardant la pudeur de son intelligence et de son doute au milieu du lugubre des évènements, mais Luce ne put se taire.

– Oui, Victor !

Un silence tomba, noir, les trois êtres égaux par la sensation du surhumain ; et pourtant Sévère scrutait encore, se questionnait sur les rapports du phénomène et des Météorites. Il contemplait la pluie croissante des Étoiles, le ruissellement de suprême beauté aux profondeurs de l'Impondérable. Une observation nouvelle l'effarait : que le triste fragment de Lune au bas de l'horizon ne pouvait donner la lumière qui persistait sur le paysage. Et contre l'Occident, il regarda le satellite disparaître, sa convexité prête à crouler, tout contre l'Occident. Quelques minutes encore, puis il disparut : la lueur persistait sur le plateau Tornadres, comme émanée du Zénith, à peine de quelques degrés au septentrion ainsi que l'indiquait son ombre. Était-ce donc du Zénith que venait le prodige ? Il y tourna

48

son visage, lentement. Là, une lueur d'améthyste, une lueur lenticulaire, s'étalait finement comme une nue en flèche, avec un maximum d'éclat vers le Nord. Et Sévère songea que ces choses eussent été douces à regarder sans l'horripilation de sa chair, la menace sépulcrale, le pressentiment de mort qui tombait du Ciel sur la Terre…

III
Apparition de l'aigue

– Regardez ! fit Luce.

À son tour, elle apercevait la lueur, plus émue que Lestang, la désignait du doigt. Victor, accroché dehors, à la fenêtre, tremblait de fièvre, comme ivre, et revenait à lui avec des soupirs, par intervalles, des redoublements d'horreur.

La lueur, en haut, grandissait. À mesure, le chuchottis de voix firmamentaires s'éteignait un silence énorme pesait sur le plateau Tornadres. Puis, délicate d'abord, une lumière d'en bas parut répondre à l'autre, des franges légères flottant sur la cime des arbres, sur toutes les plantes. C'était d'une navrance délicate et farouche. Aux trois personnages si dissemblables, il vint une impression presque identique de lampes funéraires, de bûcher, d'incendie immense où allait s'engloutir Tornadres et tous ceux qui l'habitaient.

Luce râlait, à peine consciente ; il lui vint une grande plainte :

– Oh ! j'ai soif !

Il se tourna vers elle ; la tendresse de son cœur, son amour pour la Celte montagnarde, lui rendit la force.

Il lutta contre son désir de ne plus bouger, de finir là son existence, à la fenêtre, avec l'allège entre ses poings. Ballottant, il alla prendre un verre d'eau. Et il se questionnait encore, il s'étonnait que l'atmosphère fût fraîche, presque froide, malgré tout ce subtil incendie du ciel et de la terre.

Il rapporta l'eau avec une peine infinie ; le verre et sa main étaient si légers qu'il n'avait pas la sensation de tenir quelque chose, qu'il serrait de toute sa force le pied de la coupe.

Il perdit la moitié du liquide en route.

Luce but une gorgée, la rejeta, dans une nausée :

– C'est comme de la poudre de fer… comme de la rouille !

50

Il goûta l'eau, dut la rejeter à son tour : elle était métallique, poussiéreuse ; tous deux se regardèrent avec désespoir, longuement. Les voiles du souvenir se levèrent, tant d'années charmants, l'heure où ils s'étaient pour la première fois entrevus dans l'Espace, l'appel de leurs fibres de suite amantes, des périodes d'adoration fine et inlassable. (Oh ! que longues, hautes, immenses, tissées de divinité, telles heures revivant sous le portique nébuleux du passé !) Et leurs regards s'étreignirent, dans une pitié infinie l'un pour l'autre. Est-ce que vraiment c'était l'agonie, est-ce qu'il leur faudrait ainsi quitter la jeune vie aimable, trépasser dans l'étouffement, la soif, cette hideuse impression d'anti-pesanteur, ce *non contact* de la matière, ô mon Dieu !

Lui, Sévère, si plein de force vitale, il ne le voulait pas admettre malgré tout ; la curiosité subsistait en son crâne à travers le glas, le refaisait attentif à l'extérieur. Le drame merveilleux et lamentable se poursuivait, se développait, un opéra de feux subtils, de Saint-Elmes colossaux allumés par les lointains des paysages : aux cimes des grands arbres, d'abord, des flammes fines, dardantes, et, montant la gamme infinie du spectre, elles se multiplièrent, tremblèrent à chaque ramille, à chaque pointe de feuille, puis aux végétations basses, aux buissons, aux gramens, aux éteules.

Toute arête de végétal eut ainsi sa lumière, dressée droite vers le ciel.

Par-dessus ces lueurs de rêve, ce paysage brasier, des oiseaux erraient par bandes. Ils se décidaient à fuir enfin. Êtres super-électriques, ils avaient résisté d'abord à ces phénomènes sans doute moins ennemis de leurs organismes que de ceux des animaux terrestres. Et corbeaux aux cris sombres, bandes infinies et éparses de moineaux, de chardonnerets, de fauvettes, de pinsons, hardes intelligentes de pics, martinets, hirondelles en ordre de voyage, rapaces solitaires ou par couples, tous s'engouffraient vers le Sud, avec des rumeurs excitées, des cris, presque des paroles.

De nouveau Sévère se préoccupa de ce que ces flammes innombrables, tout à la fois ne se confondaient pas et ne donnaient pas de chaleur sensible, et aussi, de les voir si droites, s'allongeant en lamelles fines, bâtissant des tourelles, des monuments gothiques à milliards de flèches éblouissantes. Un cri rauque l'interrompit, venu de Luce :

– Lie-moi... lie-moi... on m'emporte !

Il vit sa compagne en délire, livide, cramponnée, sa poitrine soulevée dans un pitoyable effort de respirer. Son propre cœur défaillit, il lui vint une désespérance absolue, infinie, tandis que d'un geste machinal il étreignait encore Luce. Grelottante, elle regardait briller le plateau, avec des paroles confuses :

– C'est l'autre monde, Sévère... c'est le monde immatériel... la Terre va mourir...

– Non, non, chuchotait-il et sachant pourtant la vanité des mots... c'est une Force... un magnétisme... une transformation de mouvement...

Une parole basse s'éveilla, celle de Victor, hypnotisé là et s'éveillant :

– La Roge Aigue !

Sévère se pencha, et à moins de vingt degrés sur le Nord il vit un grand rectangle couleur de rouille, à bordure irrégulière, comme troué d'abîmes de soufre.

À mesure, il s'éclaircissait, transparent comme une onde, véritable lac étendu sur le nord, où couraient des rides semblables à des vagues, d'un rouge plus pâle.

Et autour du lac rouge, et par tout le ciel, il montait une ténèbre verte, une ténèbre d'émeraude claire d'abord, et qui allait bleuissant, noircissant, devenant une profonde ombre de jade sur l'extrémité méridionale.

Les étoiles étaient parties. Rien ne demeurait que ce ciel d'eau rouge, d'eau verte, de gemme verte et de ténèbre de jade !

Qu'était-ce ? D'où cela venait-il ? Et pourquoi cette énorme influence sur le Tornadres, quel pouvoir d'induction spéciale, quelles affinités rôdaient au firmament ? Questions qui étreignaient le cerveau de Sévère, mais ne le gardaient point de la même stupeur qui soulevait Luce et Victor devant la prédiction paysanne accomplie. Il ne doutait plus que la mort arrivât rapide, que le cœur qui lui galopait si terriblement

dans la poitrine n'allât éclater et s'éteindre à tout jamais...
Cependant, sa face mourante levée vers le ciel, avec une
solennité poignante, Luce se mit à dire :

Lors que l'Argent verdoiera,
La Roge Aigue proche sera,
Dévorant Étoiles et Lune...

Et poussant un lourd soupir, résignée, elle s'écroula contre
l'allège de la fenêtre, roide et les paupières closes.

IV
Vers l'Iaraze

Immobile d'abord, sans force, Sévère attira vers lui sa femme. Était-elle morte, avait-elle disparu à jamais ? Un rire noir, le rire des destins sans issue, vint à ses lèvres, et le mot « Jamais » circulait en son cerveau d'une manière ironique, ce « Jamais » que, pour sa propre existence il n'osait estimer au-delà de l'heure prochaine. Puis, son étreinte à Luce s'exaspéra, maladive. Il enleva la pauvre femme contre sa poitrine… Alors, subit, bizarre, délicieux, un soulagement courut par toute sa fibre : *la fermeté contre le sol, la pesanteur revenue* !

Quoi ! le hasard avait dû le lui dire, il n'était pas arrivé théoriquement à l'idée de joindre un poids au sien pour retrouver la sécurité matérielle !…

Ranimé, solidifié, malgré l'oppression de sa poitrine, voilà que survint un flot de courage et d'espérance, qu'augmentait encore la suite de l'évènement, son aisance singulière à tenir Luce entre ses bras, comme un petit enfant. Puis, un sursaut au cœur, le retour de la mémoire vers la catastrophe oubliée dans le choc de l'émotion heureuse : Luce était-elle morte ? Il ausculta, il écouta, l'oreille à la poitrine de la jeune femme : le bruit importun de ses propres artères l'empêchait d'entendre. Elle n'était pas raide, cependant, mais si pâle, les paupières ouvertes sur l'œil immobile.

– Luce ! ma chère Luce !

Un soupir, un mouvement débile de la tête. Il discernait une haleine toute légère, la vie ! Sa volonté s'en fortifia, la résolution de tout effort pour la sauver.

Il y rêva quelques minutes, puis haussa les épaules ! À quoi bon le calcul ? Il fallait agir comme les brutes, comme le dernier des êtres organisés, fuir droit devant soi, jusqu'au bord

de l'Iaraze. Et sans plus hésiter, allant au plus court, il monta sur la fenêtre, franchit l'allège, criant à Victor :
– Prends un objet lourd. Lâche le chien et va avertir tes camarades. Vois comme je porte mon fardeau. Que tout le monde se sauve. On aura le temps ! As-tu compris ?
– Oui, monsieur.

Et Sévère se sauvait, au trot, le pas sûr, mais oppressé, l'haleine sifflante, troublé par l'électricité du dehors plus vive, plus énervante. Il sortit de la porte du jardin, se trouva dans la pleine campagne. En sa majesté prodigieuse, le lac rouge semblait s'élargir encore aux abîmes stellaires. Sa gloire, aux bordures palpitantes, aux douceurs de verrières, délicate et resplendissante, terminée en dentelles, en cendres oranges, en arborisations, envahissait presque le zénith. On ne voyait toujours aucune étoile. De-ci, de-là, une fine ligne serpentine, une ligne de feu, courait de l'extrême nord à l'extrême sud. Sur terre, sur les surfaces planes du plateau Tornadres, partout l'incendie persévérait, l'incendie taciturne, l'incendie sans chaleur et sans consumation.

Les cierges colossaux des grands arbres, les lumignons, infinis en nombre des graminées basses, les ascensions de longues écharpes, les grands arcs polychromes intarissablement dévorés par les neutralisations de forces, intarissablement recomposés, emplissaient l'Espace d'une vie d'épouvante et de beauté. Sévère y marchait, y allait, fermant les yeux par intervalles lorsqu'il fallait franchir des zones trop flamboyantes. Des cheveux de Luce se dégageait un torrent d'étincelles qui éblouissait Sévère et l'aveuglait. L'instinct le guidait au Sud-Ouest. Par minutes, une ferme apparue lui servait de jalon, mais auquel il n'avait pas grande confiance, tellement la transfiguration géhennique rendait incertaines les apparences.

Arriva le moment où il se crut égaré : devant lui, une mare, des roseaux levés comme des glaives de vengeance, des saules aux feuilles de pâle émeraude, des lucioles courant perpétuellement sur l'onde, une senteur phosphoreuse, ozonée, suffocante. Il sentait la molle terre sous lui, l'attraction confuse des eaux croupies. En vain tâchait-il l'orientation, sachant pourtant que c'était la mare des Cilleuses, à moins de quinze cents mètres de la frontière du plateau. Il la longea, il marcha dix minutes, il se retrouva au point de départ. Va-t-il rester là misérablement, son grand effort sera-t-il perdu.

– Allons, Sévère !

Il reprit l'élan, cherchant à reconnaître quelque marque guide, quelque aspect connu, faiblissant en cette recherche, convaincu qu'une heure encore sur Tornadres, et ce serait la pâmoison, la mort en pleine campagne.

Subitement, il fit une découverte, un petit promontoire, aigu, le seul de la mare, et dont il put déduire la direction à prendre. Dès lors, il sembla qu'il eût des ailes, lancé en ligne droite, finissant par trouver un petit sentier bien connu, qu'il ne quitta plus. Jamais il n'eût pu évaluer la durée de la route, peut-être une demi-heure, peut-être dix minutes, cinq minutes. Mais le voilà arrêté, dans un écrasement de stupeur, devant un gouffre noir parallèle avec le Tornadres incendié, un abîme de nuit sous ses pieds, dont le sépare un dévalement phosphorescent, le versant du plateau.

– La pente ! La pente !

Il répète le mot ; plein de force il commence de descendre, au galop, une sente sinueuse. Déjà, un bien-être physique, l'induction décroissante, les lumières toujours plus rares, douces comme des feux follets, l'air moite et tiède, plus respirable ! En revanche le poids de Luce est devenu très dur. Il lui casse les bras, lui ralentit sa course. Il tombe, il croulerait sur la déclivité sans l'interposition d'un arbrisseau. Puis, de nouveau la course, l'halètement de sa poitrine, l'indomptable instinct maîtrisant ses nerfs. Enfin, une joie immense, il entend couler l'Iaraze, il perçoit par tous les pores l'approche du salut ! Encore quelques pas ! Le péril, déjà, ne peut plus guère l'atteindre dans ce milieu où, l'influence mystérieuse réduite au minimum, c'est déjà l'ancienne, la bonne nature terrestre, vitale, propice à l'homme. Et il ne s'arrête pas, en sueur, farouche, plein de puissance. Enfin, le val, la rivière sanglotant dans les ténèbres. Avec un grand cri, une allégresse violente et douloureuse, il se laisse tomber. Luce est sur ses genoux, une minute il tourne la tête en arrière, vers là-haut, irrésistiblement. Vague, une lueur erre sur le versant, plus vive vers les bords du plateau ; c'est tout ce qu'il perçoit du vaste incendie : à peine l'éclat des mers nocturnes à l'époque des fécondations. Mais le firmament surtout l'étonne, l'Aigue disparue du rouge seulement, une espèce d'aurore boréale, où continue à crouler, merveilleuse et abondante, l'averse des bolides.

– Quoi donc ? se demande-t-il. Et pourquoi cette dissemblance énorme, entre Tornadres et l'Iaraze ?

Enfin, il se penche sur Luce, il la voit pâle encore, immobile, mais son souffle perceptible, un souffle plutôt de sommeil que d'évanouissement. Il l'appelle très haut :

– Luce ! Luce !

Elle frémit, elle remue la tête doucement. C'est une joie infinie dans l'ombre et, avec des sanglots de bonheur, il l'embrasse, il continue à l'appeler, il murmure des phrases de tendresse. Enfin, les paupières s'ouvrent, le regard de la jeune femme, plein de Rêve, plein de Ténèbres, se porte sur Sévère :

– Ah ! s'écrie-t-il... nous sommes vainqueurs enfin... le Tornadres n'a pu te dévorer !

Debout, les bras en croix, une volonté lui vint, la promesse de remonter seul là-haut, sur la pointe Sud-Ouest, de faire l'histoire du cataclysme...

Cependant des voix s'élevèrent sur la pente, un aboiement. Comprenant que c'étaient les serviteurs de la *Corne*, Luce et Sévère les attendirent, tandis qu'ils s'étreignaient, dans une béatitude si grande que des larmes ruisselaient sur leurs joues.